L'album des chiots

# Bijou cherche une maison

## Susan Hughes

Illustrations de
**Leanne Franson**

Texte français de
**Martine Faubert**

Éditions
SCHOLASTIC

Crédits photographiques
Page couverture : bichon frisé © Dreymedv/Fotolia.com
Contour en paillettes © olia_nikolina/Fotolia.com
Logo © Mat Hayward/Shutterstock.com;
© Michael Pettigrew/Shutterstock.com;
© Picture-Pets/Shutterstock.com
Arrière-plan © Ann Precious/Shutterstock.com
Quatrième de couverture : pendentif © Little Wale/Shutterstock.com

Nous remercions la Dre Stephanie Avery, D.M.V., pour son expertise sur les chiots.


Catalogage avant publication de Bibliothèque et Archives Canada
Hughes, Susan, 1960-
[Bijou needs a home. Français]
Bijou cherche une maison / Susan Hughes ; illustrations de Leanne
Franson ; texte français de Martine Faubert.

(L'album des chiots)
Traduction de: Bijou needs a home.
ISBN 978-1-4431-3359-3 (couverture souple)

I. Franson, Leanne, illustrateur  II. Faubert, Martine, traducteur
III. Titre.  IV. Titre : Bijou needs a home. Français
V. Collection : Hughes, Susan, 1960-  L'album des chiots.


PS8565.U42B5514 2014          jC813'.54          C2014-901830-4

Édition publiée par les Éditions Scholastic, 604, rue King Ouest,
Toronto (Ontario)  M5V 1E1 CANADA.

6 5 4 3 2 1    Imprimé au Canada  121    14 15 16 17 18

MIXTE
Papier issu de
sources responsables
FSC® C004071

*À l'adorable et pétillante Leah Witten et*
*à son pétulant caniche Santo*

# CHAPITRE UN

Catou rit de bonheur. *Il y a des chiots partout! Ils se roulent dans le gazon, font la chasse aux papillons et jouent dans les plates-bandes de fleurs.*

*Il y en a des blancs, des bruns et des roux tachetés de blanc. Il y a des teckels et des lévriers afghans, des terriers de Boston et des cockers.*

*Elle ne peut pas les compter tant ils sont nombreux!*

— Hé Catou! dit une voix. C'est pour toi!

— *Hé Catou! dit son frère Julien. Ils sont pour toi,*

*sœurette. À toi de choisir. Maman et papa ont enfin dit oui!*

*Il lui donne un petit coup de poing affectueux sur l'épaule.*

*Catou sourit. Incroyable! Le rêve de sa vie!*

*Mais quel chiot choisir? Le gentil border-collie noir et blanc aux yeux pétillants? Le bouvier bernois tout rondelet qui se tortille de plaisir? L'adorable labrador avec une tache blanche sur la poitrine?*

— Hé Catou! répète Julien. Hé! sœurette!

Catou est assise devant l'ordinateur dans le salon. C'est samedi et elle regarde des photos de chiots de toutes les races, perdue dans ses pensées.

— Allô! La Terre appelle Catou! dit Julien en lui tendant le téléphone. C'est pour toi. Tante Janine!

Le plus beau rêve éveillé de sa vie prend fin abruptement. La réalité, c'est que Catou ne peut pas avoir un chiot. Ses parents disent qu'ils n'auraient pas assez de temps pour s'en occuper.

Mais elle est contente que tante Janine l'appelle maintenant. Sa tante est super! Elle adore les chiens autant que Catou. Elle a ouvert un salon de toilettage, *Au p'tit bonheur canin,* où elle prend aussi des chiens en pension. Ses affaires vont très bien et même mieux que prévu. Elle a enfin engagé quelqu'un pour répondre au téléphone et s'occuper des rendez-vous. Malgré cela, elle est encore débordée et elle demande souvent à Catou de venir l'aider. La plupart du temps, Catou y va avec sa meilleure amie, Maya, et sa nouvelle amie, Béatrice. Les trois filles donnent un coup de main à tante Janine en s'occupant des chiots pensionnaires.

Catou prend le téléphone.

— Bonjour tante Janine! dit-elle.

— Bonjour ma chouette! répond celle-ci. Écoute, pourrais-tu venir m'aider? C'est samedi et on est plutôt occupés comme d'habitude. Mais aujourd'hui, il y a une situation imprévue en plus.

— Pas de problème! dit Catou. Qu'est-ce qui se passe? Quelqu'un vient de t'apporter un nouveau pensionnaire? Tu veux que je l'emmène se promener ou jouer dans la cour?

Tante Janine éclate de rire.

— C'est à peu près ça, mais multiplié par trois, dit-elle. Ce matin, je suis descendue très tôt pour me préparer à ma journée de travail. J'ai ouvert la porte d'entrée pour prendre le journal, et devine ce que j'ai vu? Trois petits bichons frisés dans une grande boîte en carton!

Au bout du fil, tante Janine semble un peu contrariée.

— Trois chiots abandonnés! s'exclame Catou.

— Oui, dit-elle en soupirant. Ils ont à peu près huit semaines. Je les ai installés dans une cage à la garderie avec de l'eau et de la nourriture. Mais ils ont besoin de plus d'attention et je suis trop occupée aujourd'hui. Imagine : il est déjà presque midi et je n'ai pas eu une minute pour t'appeler plus tôt. Peux-tu venir m'aider cet après-midi?

— Bien sûr! répond Catou sans hésitation. Maya et Béatrice peuvent-elles m'accompagner? Toutes les trois, on adore venir au P'tit bonheur canin. Tu sais à quel point on est folles des chiens!

— Ce serait formidable, dit tante Janine. Trois filles pour trois chiots!

— Je vais d'abord demander la permission à maman et papa, dit Catou. Ensuite j'appellerai

Maya et Béatrice pour voir si elles peuvent venir.

— Ma chouette, dit tante Janine, peux-tu apporter le nécessaire pour fabriquer des affiches? Vous pourriez en faire pour annoncer qu'on a trois chiots qui cherchent un foyer.

— Pas de problème, répond Catou. À plus!

# CHAPITRE DEUX

Quinze minutes plus tard, Maya et sa mère arrivent en auto chez Catou. Maya est assise du côté passager. Elle baisse la vitre.

— Allô Catou-Minou! dit-elle en sortant la tête de la voiture.

Catou lui fait une grimace. Maya aime l'appeler Catou-Minou pour la taquiner. « Tu adores les chiens et ton surnom est Catou-Minou. Un peu bizarre, non? » dit souvent Maya. Et Catou la taquine en retour, mais toujours gentiment. Elles se connaissent depuis si longtemps!

Maya lui fait signe d'approcher.

— J'ai dit à maman hier que ta tante aurait besoin de nous aujourd'hui, explique-t-elle. Elle va nous conduire au P'tit bonheur canin.

Catou monte à l'arrière.

— Merci, Mme Bergeron, dit-elle.

— Ça me fait plaisir, Catherine, répond Mme Bergeron.

Catou boucle sa ceinture de sécurité.

— Et Béatrice? demande Maya. Elle va nous rejoindre au salon?

— Oui, elle viendra après son rendez-vous chez le docteur, répond Catou. Elle va nous apporter du matériel pour fabriquer des affiches.

Cinq minutes plus tard, Mme Bergeron dépose les deux filles au P'tit bonheur canin qui est situé dans la rue principale de Jolibois, à quelques rues de chez Catou.

Maya et Catou entrent en trombe dans la boutique. Un jeune homme assis à la réception les salue.

— Bonjour, mesdemoiselles! dit-il en se levant poliment. Toi, tu es Catou? Et toi, Maya? Je m'appelle Thomas. Je suis le nouveau réceptionniste.

— Bonjour Thomas, dit Maya.

— Bonjour Thomas, dit Catou.

— Je vous présente Marmelade, dit-il. Elle a quinze ans et elle me suit partout.

Il sourit à une grosse chatte tigrée qui est assise sur le comptoir. Elle est très vieille.

— Bonjour, Marmelade, dit Catou.

— Je peux la caresser? demande Maya.

— Si tu veux, répond Thomas.

Puis il ajoute avec un clin d'œil :

— Ne va pas t'imaginer que tu lui fais plaisir. C'est plutôt elle qui t'accorde la faveur de la toucher.

Catou et Maya flattent la vieille chatte. Comme prévu, elle ne les regarde même pas. Mais elle ronronne très fort.

Le téléphone sonne.

— Ta tante devrait être ici dans une minute, dit Thomas.

Il décroche le combiné.

— Au p'tit bonheur canin bonjour! dit-il d'une voix chantante. Que puis-je faire pour vous?

Catou jette un coup d'œil dans la salle d'attente. Comme d'habitude, c'est bondé. Il y a un petit canapé et trois chaises. Presque toutes les places sont occupées. Un homme chauve est assis avec un gros bouledogue couché à ses pieds. Une adolescente au crâne rasé, avec cinq boucles dans la même oreille et une sixième dans la lèvre inférieure, tient en laisse un grand danois. Son collier est hérissé de pointes de métal. En apercevant Maya et Catou, le chien se met à remuer la queue.

Une jeune femme est affalée sur une chaise. Elle porte une veste ajustée, une jupe courte et des bottes noires. Ses longs cheveux noirs et bouclés tombent en cascade dans son dos.

Maya donne un coup de coude à Catou et fait un signe de la tête en direction de la jeune femme.

Catou l'examine. De quelle race peut bien être son chien? C'est un des jeux préférés des deux filles.

— Un puli! chuchote Catou à l'oreille de Maya.

— Un puli? dit Maya. D'accord, Einstein. Qu'est-ce que c'est?

— C'est une race de chien très rare et particulière, explique Catou. Le puli ou berger hongrois ne ressemble à aucun autre chien. On dirait un balai à franges sur pattes. Il a…

Catou est interrompue par tante Janine qui surgit à la réception. Comme d'habitude, ses cheveux châtains sont relevés en une queue de cheval. Elle porte une blouse bleu pâle recouverte de poils de chien noirs, bruns, roux et blonds. Elle est accompagnée d'un chien au poil noir bouclé très serré qui tombe jusqu'à terre. Quand il marche, ses boucles bougent d'avant en arrière.

— Frison! dit la jeune femme en se penchant pour l'accueillir. Bon chien!

Les boucles noires et très serrées de la jeune femme sautillent comme des ressorts.

— Frison est un puli! dit Catou avec un sourire en coin.

— Et sa maîtresse est coiffée comme lui! souligne Maya. Bravo, Catou!

Tante Janine se tourne vers les clients qui attendent.

— J'ai besoin d'une petite minute pour parler à ma nièce et son amie, dit-elle d'un ton très professionnel. Je serai à vous dans un instant.

— Bonjour, mes belles grandes filles! dit-elle à Catou et Maya. Vous êtes vraiment très gentilles d'être venues.

Elle leur fait signe de la suivre jusqu'à la garderie.

Dans la salle, il y a une zone clôturée qui rappelle un parc pour les tout-petits. Un escalier mène à l'étage où se trouvent une grande pièce qui sert au dressage des chiots et l'appartement de tante Janine. Une fenêtre donne sur la cour fermée. Quatre grandes cages sont alignées contre le mur. Dans la première, il y a trois chiots blancs. En apercevant

les filles, deux d'entre eux se mettent à sauter et à remuer la queue.

—Voici les fameux bichons frisés, dit tante Janine.

Catou et Maya poussent un cri de joie et courent les voir. Elles tombent à genoux devant la cage.

— Ils sont si mignons! roucoule Catou.

— Et si petits! s'exclame Maya.

— Il y a deux femelles et un mâle, dit tante Janine en indiquant qui est qui.

— Ils se ressemblent tellement! dit Maya. Ils sont si mignons!

— Le mâle est plus petit que les femelles, remarque Catou. Et il semble un peu timide.

Le chiot est assis dans un coin et regarde ses deux sœurs jouer ensemble.

— Ils viennent probablement tous de la même portée, dit tante Janine. Et il y avait sans doute d'autres chiots avec eux. Leur propriétaire a peut-être trouvé des familles pour les autres, mais pas pour ces trois-là et c'est pourquoi il ou elle les a laissés ici.

— Mais ça ne se fait pas! s'indigne Catou.

Elle est en colère. Elle se lève.

— Comment peut-on abandonner des chiots dans une boîte devant un salon de toilettage? ajoute-t-elle.

— Et si vous ne les aviez pas trouvés tout de suite? dit Maya, l'air vraiment fâché. Et s'ils étaient sortis de leur boîte et s'étaient enfuis dans la rue?

— Très bonnes questions, dit tante Janine. On ne saura jamais qui a déposé ces chiots devant la porte du P'tit bonheur canin, ni pourquoi. Mais ce que l'on sait, c'est qu'ils sont ici, en bonne santé et en sécurité.

— C'est vrai, dit Maya.

Catou approuve d'un signe de tête. Tante Janine a raison.

— Alors cet après-midi, vous allez jouer avec eux pendant que je travaille, explique tante Janine.

Puis elle lève un doigt dans les airs et poursuit :

— Ensuite, on discutera de notre plan d'action. Il faut trouver un foyer pour chacun de ces trois petits fripons au plus vite! Ils ont huit semaines et ils vont s'habituer aux êtres humains qui s'en occupent. Ils doivent avoir un foyer permanent le plus vite possible. Il ne faudrait pas qu'ils s'attachent trop à nous sinon ils auront du mal à nous quitter.

Catou a une boule dans la gorge. Elle regarde les chiots. Et si elles ne leur trouvent pas un foyer? Et si elles y arrivent pour deux, mais pas pour le troisième?

Elle préfère ne pas y penser et faire son possible pour arriver à les placer tous les trois.

# CHAPITRE TROIS

— Vous allez pouvoir vous débrouiller avec ces trois chiots? demande tante Janine. Dois-je vous rappeler les consignes pour les sortir de leur cage et les y remettre?

— Ne te fais pas de souci, dit Catou, en souriant.

— Bien! dit tante Janine.

Elle s'apprête à passer la porte, puis se retourne.

— J'allais oublier! dit-elle. Il faut leur trouver des noms. Ce sera plus facile quand nous aurons à parler d'eux. Voulez-vous vous en occuper?

Catou réfléchit deux secondes, puis dit :

— Mais, tante Janine, ils ne risquent pas de trop s'attacher à nous si on leur donne des noms?

— Je ne crois pas, répond-elle en secouant la tête. Bien des éleveurs donnent des noms à leurs chiots, puis les nouveaux propriétaires leur en donnent d'autres. Les chiots apprennent vite leurs nouveaux noms. J'ai quelques livres sur les chiens dans la salle d'attente, et il y a plein de noms dans l'un d'eux. Vous pouvez les consulter.

Elle sourit aux filles avant de repartir pour de bon.

Les idées se bousculent dans la tête de Catou. Elle se tourne vers Maya.

— On commence par quoi? dit-elle.

— Oh, pauvres de nous! s'exclame Maya d'une voix théâtrale, la main sur le cœur. Des décisions, encore des décisions, toujours des décisions à prendre!

Catou rit. Sa meilleure amie aime jouer la comédie. Quelle actrice!

— Un peu de sérieux, Maya! dit Catou. Par où commence-t-on?

Elle s'accroupit à côté de la cage. Deux chiots s'approchent d'elle, tout excités. Elle a envie de jouer avec eux.

— On pourrait commencer par discuter des affiches, dit Maya.

Catou regarde Maya, puis se retourne vers les trois chiots.

— On va faire des affiches pour dire aux gens qui vous êtes, leur explique-t-elle.

Les deux chiots sont encore plus excités et remuent la queue. Le troisième reste dans son coin et se contente de les regarder.

— On va poser des affiches partout en ville, dit Maya. Et lundi, on pourra aussi en mettre à l'école.

— OK, dit Catou. Sur les affiches, on va écrire qu'ils doivent être confiés à des personnes responsables qui vont bien s'en occuper et les aimer pour toujours.

— Ça me va, dit Maya. En attendant que Béatrice arrive avec le matériel pour les affiches, on pourrait jouer avec les chiots. Qu'en penses-tu?

— Excellente idée! dit Catou.

— Le mâle est plus petit, dit Maya. Les deux femelles sont exactement de la même taille. Même caractère audacieux et enjoué, même truffe noire, mêmes yeux noirs et ronds comme des billes. Elles sont difficiles à distinguer l'une de l'autre.

Catou regarde les deux femelles à tour de rôle à plusieurs reprises.

— Tu as raison, dit-elle. Elles sont identiques.

— Tu sais quoi? dit Maya en les examinant de près. En fait, je vois une petite différence. Aucune des deux n'a les yeux vraiment noirs. *Celle-ci* les a presque noirs et *l'autre* les a brun foncé! ajoute-t-elle en montrant les deux petites chiennes du doigt.

Catou les regarde de près.

— Tu as raison, Maya! dit-elle avec un sourire.

Elle ouvre la cage et introduit son bras. Les deux femelles s'approchent aussitôt. Elles la regardent et lui lèchent les doigts avec entrain.

— OK, dit Catou. Toi d'abord, mon trésor.

Elle soulève délicatement la chienne aux yeux

presque noirs et la serre contre sa poitrine. La petite
boule de poils gémit de plaisir.

— Tu es adorable, dit-elle doucement. Absolument
adorable!

Elle caresse son poil tout doux. Elle aime sa petite
queue qui s'enroule sur son dos. On dirait le haut
d'un point d'interrogation.

Maya prend l'autre femelle.

— Oh! s'exclame-t-elle. Elle est si petite! Je crois
que je n'ai jamais tenu un chiot aussi léger.

— Léger comme une peluche, tu ne trouves pas?
dit Catou. Sauf que c'est une vraie chienne.

Catou cajole la petite boule de poil pendant
quelques minutes. Puis elle la pose par terre.

— Allons jouer! dit-elle.

Aussitôt, la petite curieuse se met à explorer la
salle. Elle commence par sentir les trois autres
cages qui sont vides. Puis elle trouve le panier de
jouets pour chiens et elle en retire un écureuil en
peluche. Elle le tient bien serré dans sa gueule et
secoue la tête énergiquement.

Catou rit.

— L'écureuil est presque aussi gros qu'elle! s'exclame Catou.

Maya pose l'autre chienne par terre. Elle court rejoindre sa sœur. Toutes deux jouent à tirer sur le jouet.

Catou regarde le petit mâle. Il est resté assis dans un coin de la cage et ne quitte pas ses sœurs des yeux. Il n'a pas l'air inquiet ni apeuré. On dirait qu'il est juste très prudent.

— À ton tour, lui dit Catou.

Elle introduit sa main dans la cage. Le chiot s'approche lentement et la sent. Puis il sort sa petite langue rose et la lèche doucement.

— Merci, dit Catou, ravie de l'affection du chiot. Très heureuse de faire ta connaissance! Maintenant, viens par ici!

Elle le soulève. Il est si doux! Elle le serre contre sa poitrine. Elle sent son petit cœur qui bat très fort. Il est encore plus petit que ses sœurs!

Puis, tout à coup, Catou se fait du souci pour les

trois petits chiots abandonnés. Ils sont adorables, mais ce ne sera pas facile de trouver rapidement un propriétaire pour chacun d'eux. Surtout avec le mâle qui est si timide. Que se passera-t-il si elles n'arrivent pas à trouver pour chacun d'eux un propriétaire prêt à les aimer pour toujours? Qu'arrivera-t-il à ce timide bout de chou si elles ne trouvent pas quelqu'un qui veut l'adopter?

# CHAPITRE QUATRE

La porte s'ouvre et Béatrice passe la tête dans l'embrasure.

— Catou? Maya? appelle-t-elle.

— Bonjour Béatrice, répond Catou. Viens vite et, s'il te plaît, referme bien la porte. Les chiots sont en liberté.

Béatrice se glisse à l'intérieur.

— Bonjour! Désolée pour le retard. Oh mon doux! s'exclame-t-elle en apercevant les trois chiots.

Elle retire son sac à dos et dépose le matériel de

bricolage près de la porte.

— Qu'est-ce que vous êtes mignons! dit-elle.

Catou se rappelle la première fois qu'elle a vu Béatrice. Il n'y a pas très longtemps de cela. Béatrice venait de déménager à Jolibois et avait été placée dans sa classe, un groupe mixte de 4$^e$ et 5$^e$ années. Le premier jour, debout devant la classe avec leur enseignante, Mme Messier, elle ne souriait pas et son regard était dur. Ses bras pendaient de chaque côté de son corps et son visage était impassible.

Au début, Catou s'était dit que Béatrice était méchante. Les élèves de la classe pensaient la même chose aussi. Mais à cette époque, Catou aidait sa tante Janine à prendre soin d'un chiot qui s'appelait Zorro. Et Zorro avait aidé Catou à comprendre que Béatrice s'ennuyait tout simplement de sa chienne Bella et de son ancienne maison. Béatrice prenait cet air méchant quand elle avait peur ou qu'elle était mal à l'aise.

Maintenant, Béatrice s'accroupit. Les deux femelles occupées à faire rouler une balle par terre

l'aperçoivent et accourent vers elle. Elles lui sautent dessus comme des diables à ressort.

— Les bichons sont excellents pour apprendre des tours d'adresse, dit Catou en souriant. Autrefois, ils faisaient des numéros dans les cirques.

Catou aime naviguer sur Internet et apprendre plein de choses sur les chiens. Elle lit tous les livres de chiens qui lui tombent sous la main. Son préféré s'intitule *Les races de chiens dans le monde*. Elle doit l'avoir lu au moins vingt fois. Elle veut tout savoir sur les chiens.

Béatrice tape des mains.

— Incroyable! s'exclame-t-elle. Regardez-moi ces trésors qui s'amusent à sauter et à faire des pirouettes.

De chaque main, elle tapote la tête des deux chiots.

— Bonjour les amies! dit-elle.

Puis elle regarde le petit mâle.

— Et toi, qu'est-ce que tu fais là?

Le petit chiot est en train de mâchouiller un jouet

qui couine.

— Viens me voir, l'encourage-t-elle. Allez!

Elle lui tend la main. Il remue la queue, mais ne s'approche pas. Ses deux sœurs sautent sur la main de Béatrice. Elles veulent toute son attention.

— Bon, on a beaucoup à faire, dit Maya, toujours prête à prendre les choses en main. Béatrice, on doit leur trouver des noms. Je vais aller chercher les livres dans la salle d'attente.

Elle part et revient avec les livres. Elle les distribue, puis elle prend du papier et un stylo dans le sac de matériel de bricolage.

— Je vais m'occuper de faire une liste, dit Maya. Chaque fois que vous trouvez un nom intéressant, vous le dites et je le note.

Les filles se lancent dans une séance de remue-méninges. Catou s'assoit par terre à côté du petit mâle. Dans son livre, elle trouve une partie sur les noms de chiens masculins. Tout en les lisant, elle tire sur le jouet qui couine. Le petit mâle tire de son côté, le derrière en l'air. Catou aime bien l'entendre grogner férocement de sa voix toute menue.

— Que pensez-vous de Boule de neige? dit Béatrice en jouant avec le bout d'une de ses longues tresses rousses. Ou Flocon de neige?

— Bonne idée, dit Maya. Je note.

— Ou bien Houppette? suggère Béatrice.

— Saviez-vous que bichon vient du mot barbichon qui désignait autrefois une espèce de caniche de petite taille? dit Catou d'un ton très savant.

— C'est vrai qu'ils sont très petits, dit Béatrice en riant. Je pourrais même les mettre dans mes poches!

— Et si on leur donnait des noms un peu chics, un peu snobs qui vont avec leur allure? dit Catou.

— Génial! s'exclame Maya.

Béatrice sourit. Elle dit rarement ce qu'elle pense, et Catou n'arrive pas à savoir si l'idée lui plaît.

*Béatrice est un peu comme le petit mâle,* se dit Catou. *Ils sont tous les deux timides et craintifs.*

Catou se demande si elle est comme ça avec tout le monde.

Béatrice est d'abord devenue son amie, puis

Catou l'a présentée à Maya. Maintenant, Maya et elle s'entendent bien. Mais les autres élèves ne savent toujours pas comment l'aborder. Catou espère que Béatrice arrivera bientôt à se faire d'autres amis.

Elle soupire. *Se faire des amis n'est pas toujours facile,* se dit-elle. *Et parfois à l'école, les enfants rendent les choses encore plus difficiles. Finalement, les chiens se lient d'amitié beaucoup plus facilement que les êtres humains.*

Soudain, le petit mâle prend le jouet qui couine et trottine jusqu'à l'autre bout de la pièce. Il se laisse tomber et s'amuse tout seul avec son jouet.

*Sauf ce petit bout de chou,* se dit-elle encore. *On dirait qu'il ne veut pas devenir notre ami.*

— Allons, allons, mesdemoiselles! s'impatiente Maya. Donnez-moi des noms! De jolis noms de deux syllabes, s'il vous plaît. (Elle fait les gros yeux.) Pas de vieux noms trop longs, comme Balthazar, Hermione ou Célimène. Trop lourds à porter pour de si petits chiots!

Catou et Béatrice rient. Les noms fusent de toutes

parts. Maya les note sur sa liste.

Pendant que les filles se creusent la tête, les deux femelles tombent endormies l'une par-dessus l'autre à côté du panier de jouets. Elles sont épuisées d'avoir exploré la pièce, couru et joué à tirer sur leur jouet. Le petit mâle ronfle, roulé en boule contre son jouet.

— OK, dit finalement Maya. La liste me semble assez longue.

Elle la lit à voix haute, et chacune vote pour ses

noms préférés. Béatrice note les votes.

— Voyons les résultats, dit Maya après avoir fait le compte.

— D'abord la femelle avec les yeux très noirs, dit-elle. On va l'appeler Belle. Celle qui a les yeux brun foncé, ce sera Blanche. *Blanche!* Oui, c'est joli. Et le mâle? Je vous présente Bijou.

— Parfait! dit Béatrice. J'adore ces noms. Trois noms qui commencent par un B pour trois frères et sœurs!

— Moi aussi je les adore, dit Catou, très contente de ce choix.

# CHAPITRE CINQ

Béatrice sort des crayons-feutres, des stylos, du papier et de grands cartons de son sac. Les trois amies discutent de ce qu'elles vont écrire sur les affiches afin de trouver des foyers accueillants pour ces trois chiots.

— Famille gentille et affectueuse, propose Maya.

— Aime les promenades, beau temps mauvais temps, dit Béatrice.

— Prête à accueillir un ami très spécial, ajoute

Catou en regardant Bijou.

Soudain, les trois chiots se réveillent. Et c'est parti! Blanche court dans un coin et fait pipi. Belle attaque un crayon-feutre qui est tombé de la table et lance un cri de victoire. Bijou essaie de déchiqueter un sac de biscuits pour chiens que tante Janine a rangé près de la porte.

Les filles décident de se relayer pour jouer avec les chiots et fabriquer les affiches. Un peu plus tard, alors que les filles sont au travail, tante Janine entre dans la garderie.

— Comment ça se passe ici? demande-t-elle.

Elle prend une gomme à mâcher et la met dans sa bouche.

— Et comment vont les petites fripouilles? ajoute-t-elle

— On leur a trouvé des noms : Belle, Blanche et Bijou, dit Catou. On fabrique des affiches et on va les mettre un peu partout le long de la rue principale et à l'école.

— Excellent! dit tante Janine. N'oubliez pas

d'inscrire le numéro de téléphone du P'tit bonheur canin. Thomas va s'occuper de fixer les rendez-vous avec les gens qui seront intéressés.

Elle sourit en regardant Belle, Blanche et Bijou qui arrivent en courant.

— J'espère qu'on va trouver trois familles prêtes à adopter ces chiots, et rapidement! Ces petits chenapans ont vraiment besoin d'être dans leur vraie famille au plus vite.

Elle s'accroupit et deux petites boules de poils blancs couvrent aussitôt sa main de bisous.

— Je suis sûre qu'il n'y aura aucun problème. Quand des propriétaires potentiels les verront, ils ne pourront pas résister à ces deux amours!

Elle éclate de rire.

Catou regarde Bijou qui est resté assis. La tête penchée de côté, il observe ses petites sœurs. *Et Bijou?* se dit-elle. *Sera-t-il assez sociable pour se faire adopter?*

Elle est déchirée. D'un côté, elle se dit que ce serait bien si on ne trouvait aucune famille pour le petit mâle. Elle arriverait peut-être à convaincre ses parents de le prendre chez eux! D'un autre côté, elle sait que c'est impossible. Mais si personne ne veut de Bijou, que va-t-il lui arriver?

Elle hausse les épaules et chasse cette idée de sa tête.

— Je dois retourner m'occuper de mes clients, dit tante Janine en se relevant. Alors les filles, quand vous partirez, assurez-vous que les chiots sont dans leur cage et que la porte est bien fermée.

Elle fait une grosse bulle rose avec sa gomme.

— Les filles, ajoute-t-elle, pourriez-vous revenir lundi après l'école pour me donner un coup de main avec ces trois fripons? S'ils sont encore ici, bien sûr.

— Pas de problème, dit Catou.

Elle regarde Maya et Béatrice : toutes les deux sont visiblement plus que d'accord.

— Vous êtes des anges! dit tante Janine avec enthousiasme. Au revoir.

Et elle s'en va.

# CHAPITRE SIX

Pendant le reste de la journée, Catou n'arrête pas de penser à Bijou. Elle est assise à son pupitre, un problème de maths sous les yeux, mais elle ne voit pas les chiffres. Elle ne voit qu'un joli petit bichon frisé blanc mâchouillant un jouet qui couine. Elle le voit à l'autre bout de la salle, qui dort, roulé en boule. Elle le voit qui la regarde, la tête penchée de côté, l'air craintif.

Elle regarde l'horloge et soupire. Les aiguilles n'avancent pas vite aujourd'hui, dirait-on.

*Allez!* se dit-elle. *Concentre-toi et fais ton devoir de maths. Le temps va passer plus vite.*

Elle se penche sur sa feuille et se met au travail.

Quand elle relève la tête, les aiguilles de l'horloge ont enfin avancé!

Elle sourit en se tournant vers Béatrice, sa voisine de pupitre. Béatrice, la tête dans les nuages, tire une de ses tresses. Sa feuille est blanche.

— Hé! lui chuchote Catou. Je sais à quoi tu penses.

Béatrice lui sourit.

— Tu penses aux bichons frisés et aux personnes qu'il faudra rencontrer, dit Catou.

Béatrice fait signe que oui de la tête.

Mme Messier est debout devant la classe. Derrière elle, sur le tableau noir, elle a transcrit les problèmes de maths que les élèves ont sur leurs feuilles.

— Allons, les enfants! J'ai besoin d'âmes courageuses qui vont venir faire les problèmes au tableau. Mais aujourd'hui, je ne vais pas vous demander de vous porter volontaires, dit-elle en parcourant la classe des yeux. Olivier, Coralie,

Laura et Béatrice. Approchez s'il vous plaît.

Béatrice, l'air paniqué, regarde Catou. Les autres se lèvent et se rendent au tableau, mais Béatrice ne bouge pas de sa chaise.

— Allez Béatrice, vas-y, dit Catou en la poussant gentiment par l'épaule.

— Je ne peux pas, chuchote Béatrice, rougissant d'embarras.

— Tu vas voir, ça va bien se passer, insiste Catou.

— Je vais avoir tout faux, insiste Béatrice.

— Mme Messier va t'aider, répond Catou.

Elles entendent quelqu'un ricaner derrière elles. C'est Mégane qui est assise derrière Béatrice.

Catou se retourne et la fusille du regard. Mégane lève les yeux au ciel, comme pour dire que Béatrice est stupide. Ce n'est pas la première fois que Mégane est méchante envers Béatrice. Ça dure depuis le début!

Catou décide de ne rien dire. Elle ne veut pas encourager Mégane dans son jeu. C'est ce que sa mère dit quand Catou se chamaille avec son frère Julien. Mégane ricane encore. Béatrice l'a sûrement entendue, car elle a pris son air méchant et son regard dur. Catou sait ce que ça signifie : Béatrice est gênée ou mal à l'aise. Ça ne veut pas dire qu'elle va riposter et, encore moins, qu'elle pense à des méchancetés. Catou a appris à mieux la connaître. Elle sait que l'expression de son visage est rarement le reflet exact de ses émotions. Contrairement aux mathématiques, un et un ne font pas deux avec elle!

Béatrice se lève et se rend au tableau.

— C'est la nouvelle! dit Mégane. Comment s'appelle-t-elle déjà?

Elle prétend avoir oublié et fait exprès de parler fort pour que Catou et Béatrice l'entendent bien.

Béatrice continue d'avancer, les bras pendant le long du corps.

Elle prend une craie et regarde les problèmes de maths, mais elle n'écrit rien.

Comme Catou l'avait prédit, Mme Messier s'approche et parle doucement à Béatrice en indiquant les nombres et en lui expliquant ce qu'elle doit faire. À peine deux minutes plus tard, Béatrice inscrit les réponses et elles sont toutes exactes.

Quand la dernière cloche de la journée sonne, Catou et Béatrice se dépêchent d'aller rejoindre Maya.

— Mégane est vraiment méchante, dit Catou à Béatrice.

Béatrice ne dit rien.

— Il faut que je lui parle, que je te défende, dit Catou. Je vais dire à Mme Messier que Mégane n'arrête pas de t'embêter. Ou… je vais être méchante avec elle pour te venger. C'est ce que Maya dit toujours de faire et elle a peut-être raison…

Catou n'aime pas beaucoup cette idée. Mais si ça marchait?

— Non! dit Béatrice.

Elle se tourne vers Catou et la retient par le bras.

— Ne fais pas ça! lui ordonne-t-elle.

— Mais… proteste Catou.

— Ne fais pas ça, insiste Béatrice.

Catou s'apprête à protester, mais elle s'aperçoit que Béatrice a les larmes aux yeux.

— D'accord, dit-elle. Je ne ferai rien.

Maya les attend à l'endroit habituel.

— Alors? leur demande-t-elle en se dirigeant vers le salon de toilettage. Et ta blague du jour? On n'y a pas droit? Tu as oublié de nous la raconter ce matin avant d'entrer en classe.

Béatrice se tape le front et essaie de ne pas sourire.

— Et moi qui pensais qu'on y échapperait! dit-elle.

— Non, dit Maya. C'est une tradition et on doit la respecter. Allez, Catou-Minou! On attend ta blague!

Catou réfléchit un instant.

— Un crocodile rencontre un chien et lui dit :

« Salut, sac à puces! » Que répond le chien?

— Je ne sais pas, dit Maya.

— Moi non plus, dit Béatrice.

— Le chien répond : « Salut, sac à main », crie Catou.

— Nul! fait Maya.

— Archi-nul! renchérit Béatrice. Pire que jamais!

Catou éclate de rire. Juste à ce moment-là, Mégane et Coralie arrivent à bicyclette.

— Catou et Olivier sont amoureux! disent-elles en passant.

Les deux chipies ne regardent même pas Catou. Mais Catou sait qu'elles ont fait exprès pour qu'elle les entende. Satanée Mégane! Elle est vraiment odieuse.

Maya fronce les sourcils.

— Je croyais qu'elles avaient arrêté depuis que tu les avais remises à leur place, dit-elle à Catou.

— Oui, mais elles ont recommencé, dit Catou en haussant les épaules.

Elle essaie de cacher son embarras. *Espérons qu'elles n'agacent pas Olivier aussi*, se dit-elle. Ce n'est pas son petit ami, mais elle l'aime bien.

Puis les filles arrivent à la boutique de tante Janine. À l'intérieur, c'est bondé comme d'habitude. Thomas relève la tête, les salue rapidement de la main et se remet à taper à l'ordinateur. Marmelade dresse sa queue et fait semblant de ne pas les voir.

Catou la caresse quand même.

— Tu ne m'auras pas! chuchote-t-elle à son oreille.

Puis elle entraîne ses deux amies vers l'arrière-boutique en passant devant quatre clients : le premier avec un border-collie, le deuxième avec deux loulous de Poméranie, le troisième avec un westhighland-terrier et le dernier avec un doberman.

Les trois filles traversent ensuite le couloir, puis Catou pose la main sur la poignée de porte de la salle de garderie. Elle s'arrête avant d'ouvrir. Et si une petite femelle était déjà partie? Ou, même, les deux? Et si Bijou n'était plus là?

# CHAPITRE SEPT

Catou est soulagée de voir que les trois chiots sont encore là. Elle souhaite qu'ils trouvent une famille pour toujours, mais elle ne voudrait pas qu'ils partent sans qu'elle leur ait dit au revoir! Bien sûr, sa tante ne laisserait jamais ça arriver. Mais sait-on jamais...

Les trois amies déposent leurs sacs à dos et courent vers la cage des chiots.

— Bonjour Blanche! dit Maya en soulevant la petite chienne aux yeux bruns.